AF503291

LE CHIEN

ET

LE CHAT,

OU

LES DEUX MIRABEAU.

Romains contre Romains, parens contre parens.
CORNEILLE, *Cinna*.

(N°. 1.)

1790.

LE CHIEN ET LE CHAT,

OU

LES DEUX MIRABEAU.

Nous nous empressons de rendre compte au public d'une scène intéressante (1), qui s'est passée mardi dernier.

Le vicomte de Mirabeau, après s'être soustrait aux poursuites du peuple, s'étoit retiré nuitamment chez le marquis de Sail** son proche parent. Le comte de Mirabeau, instruit du péril qu'avoit couru son frère, et du lieu de sa retraite, se transporta aussi-tôt auprès de lui, dans le dessein de lui offrir des consolations et des secours. On sait combien ces deux frères diffèrent dans leurs opinions. Nous devons à la mâle éloquence de l'aîné, une grande partie des avantages que nous avons remportés sur nos ennemis ; le

(1) Si quelqu'un révoquoit en doute l'authenticité de cette scène, on peut s'en informer à M. le marquis de Sail** lui-même.

jeune, par ses intrigues, par sa malignité opiniâtre, s'est efforcé de soutenir la cabale qui s'est constamment opposée à la régénération de l'état.

Dans l'abattement où il le supposoit, on a tout lieu de présumer que le comte de Mirabeau crut devoir profiter de cet instant pour ramener son frère à des sentimens de modération, d'équité et de patriotisme. Son étonnement fut extrême, quand il vit que le vicomte s'imaginoit au contraire qu'il venoit insulter à son malheur, et mettre en opposition sa gloire (1) avec son humiliation. Nous transcrivons littéralement la plus grande partie de leur entretien, qui auroit été plus long sans doute, s'il n'eût été interrompu par un évènement singulier, dont nous allons rendre compte. Nous conserverons la forme du dialogue, par respect pour la vérité.

---

(1) Tandis que le vicomte échappoit, grace à la vigilance et au secours de la garde nationale, peut-être aux horreurs de la lanterne, son frère étoit emporté en triomphe par une foule de bons citoyens.

LE COMTE.

Je viens d'apprendre, mon frère, le danger où vous avez été exposé, et je vole à votre secours.

LE VICOMTE.

Mon frère, le danger est passé, et je ne suis plus surpris de vous voir. Le marquis du Sail** vous dira que j'avois prévu votre visite.

LE COMTE.

Vous pouviez le prévoir ; il est des circonstances où l'on doit tout oublier.

LE VICOMTE.

Celle-ci sans doute est du nombre. La canaille vous portoit tout-à-l'heure en triomphe ; il étoit bien naturel que vous me fissiez fraternellement partager tant d'honneur.

LE COMTE.

Je devois m'attendre à cette réception ; elle est conforme à celle que vous me fîtes, il y a quelque temps (1). Ce procédé toute-

(1) Cet hiver, le vicomte se battit contre un membre de l'assemblée nationale, et reçut un coup d'épée. Son frère vint le voir à cette occasion ; il lui fit des représentations sur son emportement. Il est vrai que

fois ne m'a pas empêché de venir aujourd'hui, non pour faire contraster, comme vous paroissez le croire, avec votre disgrace, la douce satisfaction que j'ai éprouvée, et que j'ai dû réellement éprouver.

LE VICOMTE.

Que vous deviez éprouver!... (riant) ah, ah, ah... Il est pourtant très-vrai, n'en déplaise à votre sublime patriotisme, que je préfère à votre triomphe ce que vous appelez ma disgrace. Le peuple sait du moins à quoi s'en tenir avec moi.

LE COMTE.

Oui, il sait vous apprécier, ce peuple, et vous venez de l'apprendre ; mais puisqu'il vous plaît de rendre si peu de justice à mes intentions, au lieu de me livrer à un mouvement de générosité en votre faveur, j'aurois dû vous traiter comme le cousin Barentin; mais vous avez un caractère que je respecte. L'honneur que vous partagez avec moi d'être au nombre des représentans de la nation, doit vous mettre à couvert de

---

j'ai tort, dit le vicomte; pour vous, mon frère, je suis bien sûr que vous ne m'exposerez jamais à vous faire pareil reproche.

toute insulte. C'est cette considération surtout qui m'a conduit ici. Je craignois que le peuple, justement irrité, ne se portât contre vous à des excès que votre imprudence et votre forfanterie avoient provoqués; j'ai cru qu'en tous évènemens, je devois vous faire sentir que c'étoit encore peu de s'y soustraire, qu'il falloit cesser de la mériter. Pour mon patriotisme, sachez qu'il est aussi pur qu'il sera constant.

LE VICOMTE.

J'ai cru, d'honneur, que vous veniez m'offrir quelque retraite chez l'étranger; j'allois vous demander si c'étoit à Reinsberg (1), ou à Vienne, que vous vouliez que je me retirasse. Je vous aurois observé cependant que Beaumarchais ne me poursuivoit pas, et que je n'ai pas assez d'adresse et d'esprit pour donner la suite de votre correspondance de Berlin. Quant au cousin Barentin (2), que vous avez voulu

---

(1) Le comte de Mirabeau se retira, à certaines époques de sa vie, à Reinsberg, auprès du prince Henri, et à la cour de Vienne.

(2) M. le comte de Mirabeau dénonça à l'assemblée nationale son parent Barentin, et insista pour qu'on le pendît avec les autres ministres, ses adhérens.

faire pendre, ce n'est ici ni le lieu ni le temps de parler de lui. Vous savez bien, quoique vous ayez fait un auto-da-fé (1) de nos titres, que j'ai autant de raison que qui que ce soit pour défendre les droits de la noblesse. Malgré la boutique d'épiceries dont il vous a plu de faire les honneurs à Marseille, je n'ai point dérogé, moi.

LE COMTE.

Laissons-là notre noblesse, M. le Vicomte; cela ne vaut pas la peine d'en parler. En y renonçant, j'ai fait un si léger sacrifice, que je n'ai pas le droit de m'en prévaloir; mais une action dont je m'applaudis avec raison, c'est celle que vous cherchez à ridiculiser. Oui, le projet le plus heureux que j'aie jamais conçu, c'est de m'être mis à la tête d'une maison de commerce. J'ai donné par-là à ma patrie le premier exemple du mépris d'un préjugé aussi nuisible que mal fondé. En foulant aux pieds d'orgueilleuses prétentions, pour embrasser une

(1) Le comte de Mirabean, pour prouver le mépris qu'il faisoit des titres vains dont se targuent si bêtement les nobles, brûla sur la place de Marseille ses titres de noblesse, et éleva un magasin d'épicerie.

profession utile, j'ai mérité l'estime et la confiance de cet ordre indignement avili, le tiers, ou plutôt la nation (car lui seul mérite de la former), le tiers-état daigna m'élever au rang qui flattoit le plus mon ambition. Je me promis, je lui jurai d'être un de ses plus zèlés défenseurs, et je crois lui avoir tenu parole. D'ailleurs, croyez-moi, laissons-là le sarcasme : si je voulois en user, sans aller à Marseille, à Reinsberg, ni à Vienne, il est bien des lieux à Paris où je pourrois vous rencontrer.

LE VICOMTE.

J'éviterois au moins de vous rencontrer chez le Jay. Je sens que j'y serois bientôt accablé de tout l'esprit de sa boutique ; et je n'aime pas d'ailleurs à poursuivre le cerf (1) jusques dans son fort.

LE COMTE.

Cet esprit-là vaudroit au moins celui de votre capucinière (2), où vous enfantez,

---

(1) C'est bien abuser des mots. Le vicomte ne sait ce qu'il dit : ce n'est pas son frère qui est le cerf. *Cette note est de l'auteur des Actes des Apôtres.*

(2) Allusion à la dernière assemblée tenue aux Capucins par les aristocrates, au nombre desquels se trouvoit le vicomte.

avec vos collègues, des projets vraiment dignes du cloître, et où vous paroissez surpasser en sottise et en fanatisme les Bourgoin, les Cotton (1), et toute la horde monastique.

LE VICOMTE.

Point d'emportement, mon frère, point de reproches. Nous ne sommes pas à l'assemblée nationale. Réservons la discussion des affaires d'état pour la tribune où vous êtes si souvent applaudi. Vous me faites une politesse, je vous réponds par des remercimens : je suis vraiment fâché qu'ils aient pris la teinte de mon caractère, naturellement gai ; mais vous savez que la liqueur conserve toujours le goût du vase qui la contient. Du reste, pourquoi ne me pardonnez-vous pas ma gaieté, quand vous vous en permettez vous-même ? Car ce ne peut-être que par plaisanterie que vous nous comparez aux Bourgoin, aux Cotton. Le premier fut l'instigateur de Jacques Clément, et le second suscita Ra-

(1) Ce Jésuite étoit confesseur du grand Henri. Un protestant disoit de ce prince : C'est un bon roi, c'est dommage qu'il ait du coton dans les oreilles.

vaillac. Nous défendons nos droits, nous nous liguons pour protéger nos propriétés et nos privilèges ; mais nous n'en sommes pas à assassiner les rois.

LE COMTE.

J'aime à me le persuader, mon frère, et j'aime sur-tout à croire que, vous particulièrement, vous avez la plus grande horreur pour des complots odieux, dont l'idée seule fait frémir. Cependant craignez que votre résistance opiniâtre, que la chaleur aussi extrême qu'inutile, que vous mettez dans votre défense, n'enflamme, n'exalte quelques *têtes*, n'arme quelques bras ! . . . . . Mon sang se fige d'y penser ! . . . . . Eh ! que défendez-vous encore ? Tous ces droits, tous ces privilèges, tous ces titres sont anéantis sans retour ; la constitution se consomme, elle fait l'espoir d'un peuple immense. Un petit nombre d'individus pense-t-il faire crouler l'édifice du bonheur public, pour élever sur ses débris leur félicité idéale et particulière ? . . . , . Mais, mon frère, si je vous prouvois jusqu'à la démonstration, que les avantages antiques, barbares et fictifs des nobles et des prêtres, se trouvent compensés, qu'ils seront plus réels qu'ils ne le furent jamais ; si . . . .

La conversation fut interrompue par un laquais à la livrée de l'abbé Maury, qui remit une lettre au vicomte. Elle étoit à peu près conçue en ces termes.

Copie de la lettre de l'abbé Maury au vicomte de Mirabeau, le 9 avril 1790.

« Je suis aux prises, M. le vicomte, avec la canaille. J'ai trouvé très-heureusement une porte ouverte, rue Sainte-Anne, n° 21, où je me suis précipité, à la faveur de quelques soldats et officiers de la garde nationale; mais je crains d'être forcé dans mon asyle. Si j'échappe au péril, j'irai vous joindre sur le champ. Je suis très-inquiet de savoir comment vous vous en êtes tiré vous-même. Cela m'alarme plus que je ne puis vous dire. L'homme arrêté et conduit au corps-de-garde n'est point relâché. Je ne sais trop comment ira cette affaire. On parle d'une plainte (1) de cet homme-là;

(1) M. Perraut, avocat, a effectivement porté plainte contte l'abbé Maury, M. le vicomte de Mirabeau et M. Desprémenil, qui se sont permis d'accuser cet honnête citoyen d'avoir, de la tribune où il étoit placé, manqué de respect à l'assemblée nationale, et de le faire arrêter à la faveur de ce délit supposé.

elle est dirigée contre vous, contre M. Desprémenil, et particulièrement contre moi. Mais ce n'est pas ce qui doit nous inquiéter. Le plus urgent est de réparer la mine que l'on a éventée. Il arrivera peut-être un moment où l'explosion trompera leur vigilance. Je ne vous écris que ce mot, car on m'obsède pour me faire travestir de manière à échapper à cette canaille mutinée. N'aurons-nous jamais notre tour?

L'abbé MAURY ».

Cette lettre fit la plus vive impression sur le vicomte. Le comte la remarqua, et desirant peut-être d'en connoître le contenu, il s'exprima vigoureusement contre l'abbé Maury et ses adhérens. C'est alors que son frère, croyant intéresser le comte en faveur de l'abbé, lui fit part de la lettre. Le comte ne put se contenir, et témoigna toute son indignation.

LE COMTE.

Voilà donc le fruit de ces odieuses manœuvres! Quel exemple pour les ennemis de la patrie! Qu'ils fixent un moment leurs regards sur un être chargé de l'indignation publique : marchant avec terreur dans des lieux où il ne voit que des précipices, des cris de proscription accompagnent par-tout ses pas. Nul tourment ne paroît capable d'expier les crimes dont on l'accuse. Le supplice des plus grands scélérats touche les cœurs les plus insensibles ; mais l'infâme qui conspire contre l'état, est le seul criminel qui n'ait plus de droit à la compassion des hommes. Et c'est-là le sort que vous osez braver ! Ni la raison, ni l'amitié ne peut vous arracher à un parti qui n'a plus en partage que l'opprobre et l'infamie.

LE VICOMTE.

Encore une fois, vous dis-je, épargnez-moi vos sollicitations et vos reproches. Si le parti que j'ai embrassé n'est pas le meilleur, ce dont je suis bien éloigné de convenir, je n'aurai point la honte d'avoir trahi mon opinion. Quelle que soit l'issue de ce grand évènement, je l'attendrai avec courage et le supporterai sans foiblesse.

LE COMTE.

La fermeté est un crime, quand elle n'est pas fondée sur des droits réels et qu'elle blesse le bien public.

LE VICOMTE.

Laissons-là, je vous prie, toute cette vaine morale. Allons au fait. Vous, moins qu'un autre, vous ne parviendrez jamais à changer mes résolutions.

LE COMTE.

J'ai plus droit qu'aucun autre de vous en faire sentir l'horreur. Il faut se rendre à l'évidence, à la force, quand on ne se rend pas à la raison.

LE VICOMTE.

Ce n'est pas la première fois que la persécution a été l'apanage des gens censés, et que les hommes nés pour commander ont été réduits à servir; mais si la force nous enlève notre pouvoir, nos ames nous restent. Croyez-moi, il s'écoulera bien des siècles avant que l'esprit de notre parti soit éteint.

L'entretien auroit sans doute continué avec plus de chaleur encore. Déjà les yeux du comte étinceloient de civisme et d'indignation, déjà le vicomte paroissoit disposé à céder la place, quand un grand bruit se fit entendre dans l'antichambre. On parloit haut, les laquais du vicomte sembloient s'obstiner à refuser l'entrée de l'appartement à quelqu'un, qui s'obstinoit à son tour à forcer l'antichambre réunie. Les deux frères se précipitent avec la même ardeur, pour découvrir la cause de ce tumulte. Lecteurs, le croirez-vous? C'étoit l'abbé Maury lui-même, travesti en garde national, la cocarde au chapeau, l'uniforme sur le corps, le sabre en bandouillère; il avoit ainsi échappé aux regards curieux du peuple, qui ne le poursuivoit pas pour l'assassiner, comme il en avoit peur. Le comte le reconnut d'abord, et se retira plus mécontent que jamais de son frère.

Nous avons cru que la lecture de cette scène ne pouvoit qu'être utile dans un moment où les ennemis de la révolution ne sentent peut-être pas, du moins quelques-uns, l'odieux du rôle qu'ils jouent.

FIN.

De l'imprimerie de J. Grand, rue du Foin-S. Jacques, n° 6.

www.ingramcontent.com/pod-product-compliance
Ingram Content Group UK Ltd.
Pitfield, Milton Keynes, MK11 3LW, UK
UKHW021152230726
13926UKWH00001B/55

9 782013 684972